AF363542

OBJETS D'ART

ET

D'AMEUBLEMENT

BRONZES, MARBRES

TAPIS D'ORIENT

VENTE

HOTEL DROUOT, SALLE N° 11

LE MERCREDI 4 FÉVRIER 1914

A 2 heures 1/4

Mᵉ RENÉ LYON	M. H. LEROUX
COMMISSAIRE-PRISEUR	EXPERT
29, rue Le Peletier	52, rue du Faubourg-Montmartre

EXPOSITION PUBLIQUE

Le Mardi 3 Février 1914, de 2 heures à 6 heures

CONDITIONS DE LA VENTE

Elle sera faite au comptant.

Les adjudicataires paieront *dix pour cent* en sus des enchères.

Paris. — Imp. de l'Art, CH. BERGER, 41, rue de la Victoire.

DÉSIGNATION

MEUBLES

1 — Ameublement de chambre à coucher en noyer sculpté et ciré, de style Louis XV, comprenant : une armoire à trois portes à glaces, un lit de milieu et deux tables de nuit.

2 — Salle à manger, de style Renaissance, composée d'un buffet à crédence, d'une table de milieu et de huit chaises garnies en cuir.

3 — Chaise longue en deux parties, garnie en panne rose.

4 — Canapé en bois doré, de style Louis XV.

5 — Table de jeu à volets en acajou, de style Louis XVI.

6 — Bureau de dame en bois de rose, de style Louis XVI.

7 — Bonheur-du-jour, de style Louis XVI, en acajou à filets de cuivre.

8 — Bibliothèque, de style Henri II, en noyer ciré.

9 — Pianola-Æolian, avec environ trente morceaux.

10 — Ameublement de salon, de style Louis XVI, composé d'un canapé, deux bergères et deux chaises en bois sculpté et doré, garnis en soie brochée fond rouge.

11 — Ameublement de salon, de style Louis XVI, en bois sculpté peint en blanc, garni en étoffe brochée soie.

12 — Étagère, de style Louis XVI, en bois sculpté et peint en blanc.

13 — Table de salon, de style Louis XVI, en bois sculpté et doré, à dessus de marbre.

14 — Bel ameublement de chambre à coucher en noyer sculpté et ciré, de style Louis XV, composé d'une armoire galbée à deux portes à glaces, d'un lit de milieu et d'une table de nuit.

15 — Bibliothèque basse, de style Renaissance, en chêne sculpté.

16 — Table, de style Louis XIII, en noyer.

16 *bis* — Fauteuil en marqueterie.

17 — Table de jeu, de style Louis XVI, en acajou, à filets de cuivre.

18 — Paravent brodé à trois feuilles, bois sculpté et doré, de style Louis XVI.

19 — Grande glace, cadre doré.

BRONZES, PAR DUSSART

RÉCOMPENSÉS AU SALON DE PARIS

(Société des Artistes français.)

20 — Inconsciente. Groupe en bronze patiné. — Haut., 68 cent.

21 — La Pensée. Statuette en bronze doré, formant torchère; à l'électricité. — Haut., 95 cent.

22 — Partie de campagne. Statuette en bronze patiné. — Haut., 75 cent.

23 — Le Réveil. Statuette en bronze patiné. — Haut., 60 cent.

24 — Le Livre. Statuette de femme. xiiie siècle. — Haut., 72 cent.

25 — Buste de femme Louis XIII en bronze patiné. — Haut., 28 cent.

26 — Buste d'homme au chapeau. Bronze patiné.

27 — Coquette. Glace vide-poches en bronze patiné.

OBJETS D'ART
ET DE CURIOSITÉ

28 — La Dispute du cœur. Groupe en marbre de Carrare.

29 — La Baigneuse, d'ALEGRAIN. Statuette en marbre de Carrare. — Haut., 80 cent.

30 — Tête de jeune fille. Marbre de Carrare.

31 — La Vierge de Barabino. Groupe en marbre de Florence.

32 — Tabernacle en bois sculpté. Époque Louis XIV.

33 — Deux statuettes : Saints, en bois sculpté.
xviie siècle.

34 — Le Christ. Statuette en bois sculpté. xvii^e
siècle.

35 — Deux statuettes : Saints, en bois sculpté.

36 — Lot de bois sculptés anciens.

37 — Plat en cuivre repoussé, époque Louis XIII :
Saint Georges.

38 — Plat en cuivre repoussé, époque Louis XIII :
l'Agneau pascal.

39 — Lustre, de style Louis XVI, en bronze ; à
l'électricité.

40 — Deux appliques en bronze ; à l'électricité.

41 — Lampe en émail cloisonné du Japon aven-
turiné.

42 — Paire de vases-balustres en émail cloisonné polychrome et or.

43 — Importante garniture de cheminée : pendule et candélabres en marbre rouge royal
et bronze ciselé et doré.

43 *bis* — Deux pieds de candélabres en bronze ciselé et doré.

44 — Pendule en bronze ciselé et doré. Époque du Premier Empire.

45 — Coupe en porcelaine du Japon, montée en bronze.

46 — Brasero en faïence espagnole.

47 — Paire de flambeaux en bronze. Époque Louis XVI.

48 — Paire de vases côtelés en émail cloisonné bleu turquoise, décor de fleurs et d'oiseaux.

49 — Paire de vases plus petits, décor analogue aux précédents.

50 — Paire de potiches en porcelaine de Chine fond vert. à décor de fleurs en polychrome.

51 — Glace à main. Cadre en argent, de style Louis XV.

52 — Carafe en cristal ; monture argent, de style Louis XV.

53 — Verre d'eau en cristal ; monture argent, de style Louis XVI.

54 — Deux petits vases en émail : ondines et fleurs.

55 — Théière et sucrier en émail cloisonné du Japon, à décor polychrome et or.

56 -- Boîte à mouchoirs en émail cloisonné bleu turquoise.

57 — Statuette : Mousmé en porcelaine du Japon, polychrome.

58 — Chimère en blanc de Chine.

59 — Deux écureuils en bronze.

60 — Petite théière en Satzuma, polychrome et or.

61 — Paire de vases en porcelaine de Chine, à décor d'arabesques et réserves de fleurs.

62 — Vase en porcelaine jaspée fond gris, décor de fleurs.

63 — Vasque en porcelaine craquelée de la Chine, à décor de guerriers en émail bleu.

64 — Paire de grandes potiches en porcelaine de la Chine à décor de fleurs de pommier en blanc sur fond bleu.

65 — Groupe de deux personnages, portant un vase, en porcelaine de Bishu.

66 — Paire de potiches en porcelaine de Chine, à décor de fleurs en polychrome.

67 — Service de table en porcelaine décorée.

68 — Service de table en verrerie.

69 — Deux plaques de revêtement en faïence persane à figures et animaux.

70 — Buire en faïence décorée. Genre Marseille.

71 — Le Messager. Groupe en biscuit, par GRÉGOIRE.

72 — Marie-Antoinette. Buste en bronze, grandeur nature.

73 — Flacon en verre de Bohême gravé.

74 — Paire de petits vases en faïence hollandaise.

75 — Paire d'appliques en bronze, de style Louis XIV.

76 — Jardinière en grès cérame.

77 — Inro en laque noir et or.

78 — Groupe : La Danse, en porcelaine d'Alle-
magne.

79 — La Jeune Mère. Groupe en biscuit.

80 — Deux figurines : Amours en biscuit.

81 — Appareil téléphonique.

82 — Paire de cornets en porcelaine craquelée
de la Chine, décor à personnages.

83 — Deux tsoubos en porcelaine, décor de
fleurs.

84 — Paire de vases en émail fond bleu, à
fleurs.

85 — Coupe et boîte en porcelaine de Saxe.

86 — Paire de cornets en porcelaine de Chine
fond bleu, décor de fleurs.

87 — Deux potiches à thé, décor de fleurs et
d'oiseaux en polychrome.

88 — Paire de cassolettes en bronze japonais.

89 — Brûle-parfums : Lotus, en bronze japonais.

90 — Brûle-parfums : Chrysanthème, en bronze
japonais.

91 — Vase à fleurs en porcelaine de Canton.

92 — Paire de petites potiches en craquelé de Chine.

93 — Tigre en bronze.

94 — Éléphant en bronze.

95 — Léopard en bronze.

96 — Coffret à bijoux en bois de teck et nacre gravée. Travail tonkinois.

97 — Seau en grès de Chine, avec grotesques en relief.

98 — Deux statuettes en bois sculpté. Travail chinois.

99 — Clochette en porcelaine de Dresde.

100 — Statuette : Marquise, en porcelaine de Saxe.

101 — Deux sucriers en porcelaine de Vienne.

102 — Deux bustes d'enfants. Porcelaine de Saxe.

103 — Surtout en porcelaine de Dresde, supporté par un groupe d'enfants.

104 — Panneau, formé de six masques japonais.

105 — Coffret japonais, orné d'incrustations de nacre et de laque d'or.

106 — Encrier en porcelaine, décor indien.

107 — Deux boîtes en métal argenté. Travail chinois.

108 — Paire de potiches en porcelaine de Chine, fond bleu fouetté, montées en bronze.

109 — Paire de vases et porcelaine de la Chine, décor de fleurs et d'oiseaux en polychrome.

110 — Sabre et poignard japonais en morse sculpté, à personnages.

111 — Tasse-trembleuse et soucoupe en porcelaine de Saxe, décor à personnages.

112 — Potiche en porcelaine craquelée de la Chine.

113 — Jardinière en porcelaine bleu-turquoise, décor de fleurs sous émail.

114 — Deux jardinières en porcelaine de Saxe.

115 — Corbeille en porcelaine de Nankin.

116 — Paire de vases, de forme aplatie, en porcelaine de Chine, décor à fleurs.

117 — Paire de vases en porcelaine de Chine fond blanc, à décor de chimères en bleu.

118-119 — Deux petits poignards japonais.

120-121 — Deux bonbonnières en émail cloisonné bleu-turquoise.

122 — Lampe en bronze, à l'électricité.

122 *bis* — Paire de vases en faïence de Satzuma fond bleu, décor de personnages.

123 — Enfant au tambourin. Statuette en porcelaine du Japon.

124 — Paire de vases en faïence hollandaise. Fond bleu, à médaillons.

125 — Tête de femme en terre cuite, par CLÉSINGER.

126 — Deux petits bustes d'enfants en terre cuite.

127 — Boîte en bois de teck et métal argenté et gravé.

128 — Vase-porte-bouquet en cristal fond gris, de GALLÉ DE NANCY.

129 — Vase porte-bouquet en cristal fond rose, de GALLÉ DE NANCY.

130 — Deux porte-bouquets en cristal fond vert
irisé.

131 — Deux assiettes en porcelaine de Vienne.

132 — Corbeille ajourée en porcelaine de Vienne.

133 — Bonbonnière en porcelaine de Saxe, décor
à fleurettes.

134 à 137 — Quatre assiettes en porcelaine de
Nankin.

138 — Brûle-parfums hexagone en bronze du
Japon.

139 — Deux brûle-parfums en émail.

140 — Paire de potiches en porcelaine de Chine,
décor à personnages.

141 — Cadre en bronze, de style Louis XVI.

142 — Confucius. Statuette en porcelaine de
Chine.

143 — Oiseau en porcelaine de Saxe.

144 — Sucrière en porcelaine de Venise.

145 — Vase en verre de Venise gravé à ar-
moiries.

146 — La Musique. Groupe en porcelaine.

147 — Vénus et l'Amour. Groupe en porcelaine.

148 — Figurine d'enfant en terre de Lorraine.

149 — Deux porte-coran sculptés, et croix annamite en bois de fer incrusté.

150 — Légumier en porcelaine de Vienne.

151 — Miroir à trois faces, laqué.

152 — Lot de literie.

153 — Deux boîtes en ivoire sculpté.

154 — Bûcheron japonais. Statuette en ivoire de morse.

155 — Semeur japonais. Statuette en ivoire de morse.

156 — Femme et fillette japonaises. Groupe en ivoire de morse.

157 — Mousmé. Statuette en ivoire de morse. Travail japonais.

158 — Chasseur. Statuette en ivoire de morse. Travail japonais.

159 — **Quatre netzkés en ivoire.**

160 — Quatre netzkés anciens en bois sculpté.

161 à 166 — Six figurines : Artisans, en ivoire de morse. Travail japonais.

167 à 170 — Quatre petits groupes en ivoire.

171 — Six netzkés.

172 — Portrait du Dauphin, fils de Louis XVI. Pastel.

173 — Lot de douze esquisses et dessins.

174 — Lot de gravures.

175 — Tapis d'Orient. — 6 m. 30 cent. sur 3 m. 38 cent.

176 — Tapis d'Orient. — 3 m. 75 cent. sur 2 m. 70 cent.

177 — Tapis d'Orient. — 4 mètres sur 3 mètres.

178 — Tapis persan. — 3 mètres sur 2 m. 50 environ.

179 — Tapis persan. — 4 mètres sur 3 mètres environ.

180 — Tapis de galerie, persan.

181 — Couvre-lit et coussin en soie de Chine brodée à fleurs et oiseaux.

182 — Panneau en soie de Chine brodée, fond rouge.

183 — Chasuble en soie brochée. Époque Louis XV.

184 — Voile et dessus de calice en brocart. Époque Louis XIV.

185 — Étole et manipule en soie brochée. Époque Louis XV.

186 — Sous ce dernier numéro seront vendus les objets omis au Catalogue.